일요일

일요일

발행일   2021년 5월 21일

지은이   진난희
펴낸이   손형국
펴낸곳   (주)북랩
편집인   선일영   편집   정두철, 윤성아, 배진용, 김현아, 박준
디자인   이현수, 한수희, 김윤주, 허지혜   제작   박기성, 황동현, 구성우, 권태련
마케팅   김회란, 박진관
출판등록   2004. 12. 1(제2012-000051호)
주소   서울특별시 금천구 가산디지털 1로 168, 우림라이온스밸리 B동 B113~114호, C동 B101호
홈페이지   www.book.co.kr
전화번호   (02)2026-5777   팩스   (02)2026-5747

ISBN   979-11-6539-791-3 03810 (종이책)   979-11-6539-792-0 05810 (전자책)

(주)북랩 성공출판의 파트너

북랩 홈페이지와 패밀리 사이트에서 다양한 출판 솔루션을 만나 보세요!

홈페이지 book.co.kr   •   **블로그** blog.naver.com/essaybook   •   **출판문의** book@book.co.kr

작가 연락처 문의 ▸ ask.book.co.kr

작가 연락처는 개인정보이므로 북랩에서 알려드릴 수 없습니다.

진난희
시집

일요일

북랩 book Lab

시집을 열며

심장이 쿵쿵대기 시작했다.
그래서 한 번 쥐었다가 놓았다.
시를 쓰는 건 행운이다.
때때로 토해놓은 무자비한 상념들을
재단해가며 집을 지어 올렸다.
사전에 생각한 바 없는 말들을
짜놓기가 쉽지 않아 늘 헤매지만
그 품에서 숨을 쉬고 있으면 살 만했다.
또 수줍게 세상에 내놓으니
부디 안락한 날에
곱씹어 불리기를 고대하며
문을 열어 놓는다.

2021년 오월
진난희

목차

물레방아

굴밤나무와
마주하고 앉아서
물속을 들여다 본다
물속에는
오래전 익사한
나뭇잎들이 썩어가고 있다

물살을 가르고
올라가는 숭어 떼는
바쁜 일도 없다는 듯
멈추어 서서 물질 중이다

숭어가 폭포를 뚫고

헤엄쳐 올라가는 일이

드문 일이었던가

좀체

격한 물보라가 일지 않는다

곁에서

물레방아가

자주 돈다

**오리와 숭어떼들이 강에서 헤엄친다.

폭우

아무 망설임 없이
수직으로 몸을 떨구고
추락하는

무슨 미련을
저리도 안 남길 수
있단 말인가

후회하지 않을
자신 있나
똑 부러지게 내리는
큰 소낙비

**갑자기 쏟아지는 소나기를 바라보며.

코로나 19 1

호된 폐병에 걸려
자주 식음을 전폐한다
어디 다시 푸른 땅에
통째로 옮겨다 놓을수도 없다
아니
벌거숭이 땅이라도
수소문해 보아야 하나
위대한 바보들이
어쩔 줄 몰라 우는 동안
별은 자꾸 칼에 베었다
지구 밖으로 도망치고 싶다
오래전
절교를 외치고
멀리로 여행을 떠난
어린 왕자를 불러
친절한 간호를 받고 싶다

**코로나 19.

은하수

호롱을 불어 끄고서
대청 마루에 나와 앉은 밤
하늘이 있는지도 모르게
새까맣게 높은 하늘을
고개 쳐들고 바라본다

이 마을은 필시
밤에 하늘이 어딘가로
도망가 있는지 모른다
도무지
저 별무리가 아니면
어디에 하늘이 걸쳐져 있나
가늠조차 힘들다

쏟아지는 별빛 아래 누워서

아까 낮에 못 다 지은

시를 읊는다

외양간 누렁이

별송이를 세며

내 노래에 꾸벅이며 졸아 댄다

오늘밤도 산중부락은

가차없이

별바다에 빠져서

반짝반짝 헤엄을 친다

**황매산에 살던 시절, 전기가 들어오지 않았다.

빨래터에서

물 위에다가
물수제비를
뜨는 아이들
제법
한 조각씩
둥둥 뜬다

버드나무 아래
돌부리에 앉은 여인
길게 늘어뜨린 나뭇가지처럼
긴 머리칼을 늘이고
빨래를 빤다

방망이질을 해대던
옛날을 추억하는지
조물거리는
두 손바닥이 힘차다

해 좋은 날
늦은 오후에
여인은
밤새 별빛에 마를
빨래를 한참 비볐다

**TV에 빨래터 풍경이 나왔다.

노송

다 쓰러져가는
나무 아래 서서
꼭대기를
올려다 본다

그만 살고 싶은 것인지
이제 그만 뽑히고 싶은 것인지
나뭇가지며 잎사귀들이며
모든 몸이
땅 위에 누워
질질 끌리고 있다

나라도 잡아채 뽑아서

어디

저 멀리

던져 놔 줄까

나무를 위로 한답시고

내가 원해서 꾸린 일인가

머리 꼭지가

다 시원해지는 것이

눈치가 보인다

**비가 많이 와서 큰 나무가 쓰러졌다.

노을

온종일 수더분했던
앞 동산이
서쪽 하늘을
응시한다

아침 내내
사랑했던 햇덩이를
그리워하며
산그림자는 멀리
서글픈 언덕에서 뛴다

황혼을 그리는 해를
나도 멍하게 보고 섰다
다시 사랑할 내일을 기다리며
다시 뜨겁게 마주하기를 기원하며
오늘도 별수없이
쓸쓸하게 흘러가는
저녁 노을을 본다

할 수 없다

날마다 근사하게

배웅할 것을 다짐하지만

이별이란

따갑게 해석될 밖에

멀리 사라졌다가

말간 새벽을 여는

뻔뻔스러움도

이미 우리는 천날만날

용서하며 두고 보지 않았던가

**가을엔 정말 노을이 근사한 날이 많다.

여우비

뛰었다
후두둑
비가 떨어지길래
큰 나무 아래로 달렸다

나무 아래에
서서
한참 내리는
비를 볼 참이었다

글렀다
남쪽으로는 구름이 몰려가고
북쪽에서는 햇빛이 얼굴을 낸다
오도가도 못 하고 있는
처지의 물방울들

그 하늘 아래서
우산을 들고
펼치지도 못하고 있는 나
아무래도 호랑이 장가 드는
잔칫집에 들러야겠다
구름이 마른다

**모처럼 내리는 비가 오락가락 한다.

목욕

버드나무 가지들이
축축
늘어져서
물 속에까지 빠져 있다
마치 단오날
머리카락 풀어 헤쳐
물길에 빠뜨리고
살릇살릇 머리를 감듯
가지를 휘휘 흔들고
저으며 논다
흘러가는 강물 줄기는
나무 이파리 간지럽히기에
지치는 줄 모르고
사이사이 바람도 부르고
햇빛도 들이고
그 긴 머릿칼을 헹군다

청둥오리 떼가
고개를 처박아
물고기를 채고
하늘로 난다

**강가에 서 있는 버드나무를 바라보며.

장작

늘어가는 나무들 사이에서
푸르고 붉은
나무 둥우리들이 뽐을 낸다
속수무책
그 아름다운 청춘에 홀려
해 지는 줄도 모르며
밤새 시릴
몸뚱이를 감싸놓질 못하네
"이 생을 포기하고
까칠한 장작이나 되어 볼까"
느닷없이 용감한
나목이 발 벗고 나섰다
장작을 패야 할까
식은 아궁이에
뜨끈히 추억이나 땔까

바람이 해를
내 뒷통수에 옮겨 놓는다
다시
장작 더미를 말린다

**장작을 쌓으며.

27

나뭇잎배

강에 앉아서
미동도 않는
멈추어 흐르는 듯한
물길을 째려본다

홀로 선
강 건너 나무 한 그루
가만히 보니
강물을 붙들고 있는 것이다

그대랑 나랑
누가 더 외로울까 내기나 한 판
붙자는 건지
강 너머 권태 한 그루가
나를 빤히 본다

누가 더 하늘을 사랑하는지
한 점 부끄러움이 없다면
하늘을 올려다 봐도 좋다고
놀리는 것도 같고

노트 한 장을 찢었다
나는 조용히 선을 접어
종이배 강물에 띄우고
나무의 이야기 들으러
간절한 내 마음 태워
저만치 띄워 보내네

내 노래가 궁금한 나무도
잎새 몇 조각
물 위에 떨구어 띄워 두네
바람이 배들을 떠미네

**강가에서 물장난을 쳤다.

반달

마을은 낮에
그 새파랗던 하늘을
다 어디다 도둑 맞았을까

칠흑의 밤
달랑 반쪽 하얗게 뜬 달을
머리에 이고 집으로 올라오면서
도난 당한
낮에 멀쩡했던 하늘을 걱정했다

내일 새벽이나 돼야
푸른 하늘의 안부를 물을 수 있다
보름 달밤도 아니어서
달곁에 흐르는 구름도 볼 수 없고
촐랑대며 걷는 내 그림자 따라
장난도 걸 수 없다

달이 작아서 흐린 밤
별무리도 보따리 싸서
숨겨 놓았는지 보이지 않고
아무래도 내일은
비가 올 모양이다

아랫마을 조부님의 벗 댁에서
과자와 떡과
저녁상까지 잘 차려 먹어
배부른 한밤중

대청에 걸터 앉아 눈깔 사탕을 빨며
달이 얼른 살찌기를 고대한다
대숲에 이는
밤바람 소리 찰지다

**새까만 밤을 살던 그 옛날이 있었다.

미역

한밤 폭우가 내렸다네
산천이 말그레해진 아침
불어난 폭포수 아래서
쌀을 씻고 앉아 계신 조부
오늘 아침도 예술이시다

마당에 걸어 놓은 아궁이가 비에 젖어
오늘 아침밥은 정지에서 끓이기로 했다
불을 때가며 쌀을 앉히는 조부에게
누룽지를 눌릴 작정이라고 너스레를 떨었다
누룽지 눌리다가 밥 다 태워 먹었다

아침밥을 긁어 먹는 내내
콜콜콜
계곡물 흐르는 소리에 귀가 설렜다
산골짜기 맨 위에 올라서
밤새 채워진 계곡물에 빠져
미역감을 생각하니 온몸이 간지럽다

물방개처럼 총총히 다리를 놀려

물놀이를 하고

머리를 감고

흠뻑 계곡물에 빠지리라

물을 맞던 샤워기에

머리를 쳐박고 몸에 물을 쫘 가면서

그날처럼 어루만진다

등허리 휘도록 찬물 끼얹어

폭포수를 맛보네

**어린 시절, 시골에서 비온 뒤 냇가에서 미역을 감곤 했다.

**정지: 부엌의 방언(사투리)

가을의 노래

숲에는

가을이

깊은 소리를 내며 떨어진다

풍요로워져서 내 곁으로

자꾸자꾸

내려와 앉는 하늘

천고의 계절이라지만

나는 하늘에 맞닿은 듯

그 아래서 함께 파랗다

가을이 뒹구는 소리에 놀라

나도 소리소리 지르며

언덕을 뛰어 내려 온다

허스키한 목소리로

크게 소떼를 몰던 목동은

이제 보이지 않는다

산 너머 자주 보이던

무지개를 찾아서

떠나겠다던 그의 다짐이

생각났다

목동의 피리 소리를

따라 부를 이

어디쯤 오고 있을까

밤새들이 강가를 날며

작게 지저귄다

**깊어가는 가을밤에 창가에 앉아서.

진달래꽃

꽃구름 밭에
폭시런하게 올라 드러눕고 싶네
베개솜으로도 좀 구겨 넣고
이불솜으로도 펼쳐서 꿰매어
둥실둥실 폭 싸여서 뒹굴고 싶네

한 소쿠리 따서 담아
하늘에 한 웅큼 뿌려
분홍 꽃 눈을 맞아 보네
밤이면 청사초롱을 달고
하얀 밤을 속절없이 달리네
피곤한 몸 백야에 묻는데
번쩍 눈이 뜨이네

한 잎 따서 술잔에 띄우고

서너 잎 따서 화전 부치고

한 송이 따서 내 머리에 꽂고

한 바구니 따서 꽃바구니 엮고

한아름 뽑아 캐다가

조부 무덤가에 심어 놓고

저녁 노을이 다 질 때까지 물을 주었네

내일 날 밝으면

무덤가 산먼당에 뛰어 올라와

참꽃 한 입

배불리 따먹으며 시를 지으리라

바윗틈에 기대고 핀 꽃방울

전설속 늠름한 장군의 어깨 같노라고

**봄이면 황매산에 진달래와 철쭉이 지천이다.

**산먼당: 산마루의 방언(사투리)

37

경칩

밥상을 퍼두고 책을 한 상 차렸다.
조부께서는 대청마루에
화선지를 깔아 난을 치시고
나는 오늘
학교에서 얻은 숙제를 하느라
쫑알쫑알 국어책 읽기에 바쁘다.

어미의 유언을 받드느라
엄마를 물가에 묻어야 했던
청개구리의 사연이
너무나 가슴 아팠지만 끝까지 다 읽었다.

난초 밭에는
뿌리가 튼튼한 난들이 심어지고 있었다.
청개구리도 그려 넣어 달라고
조부에게 졸랐다.

청개구리 손바닥 위에 잡아 놓고
본디 엄마말은 듣는게 아니라고 으스댔다.
청개구리를 위로하고
산꼭대기에 풀어 주었다.

을씨년스러운 유언을
모든 청개구리들이 다 지킨 모양인지
황매산에는 봄부터 비만 내리면
청개구리들이 앞다퉈 울어 댔다.
그 합창을 듣는 어미들도
더 이상 늙지 않기로 했다.

**날이 따스해 개구리들이 일찍 알을 낳았다.

실연

그녀는 모든 갖은 호흡을
단숨에 모아서 길게 내뿜고는
다시 온몸에서 힘을 뺐다
축 늘어져 있는 팔과 손가락에서는
간들간들 떨어질것 같은 담배가
온 정신을 다해서
손끝에 매달려 몸을 태운다
길을 잘 가던 개미 한 마리
문득 정지해 서성인다
등에 업은 빵부스러기가
잿더미에 잠식되지 않기를
여자는 나뭇가지를 꺾어서
길을 내주고 있었다

개미는 다시 삶을 이어 갔다

개미는 온종일 식량을 쌓아 놓았고

그녀는 하룻동안

속울음 대신 피워 문

담배꽁초를 세어가며 흩뿌렸다

그래 또 살아가야 한다

**쓸쓸한 사랑이야기를 읽고 난 후.

까마귀

흰 뭉게구름 둥실대는
하늘가를
까마귀 한 마리
깍
깍
깍
울며 날아가네

야
야
야
여기야
나는 그의 짝인 척
소리쳐 불러 보았네

**나뭇가지 꼭대기에 까마귀가 앉아 있다.

코로나 19 2

오로지

두 눈알만

희번득거릴 뿐이다

모두들

벙어리가 되어 버린지

오래다

다시 한 번

두 눈 부릅떠

아무리 살펴 보지만

꿈속이 아니다

**코로나로 모든 사람들이 마스크를 한다.

낙숫물

먼 산에 비가 내린다
마을은 특징을 잃어
흘러 내리는 빗소리에도
요즈음은 통 감흥이 없다

사람이 살고 있든
빈집이든
멍한 유리창 밖에서만
아우성치며 곡절을 읊어대다가
이내 추락할 뿐이다

나는 처마 끝에
손바닥 받치고 앉아서
하늘에서부터 착실히 낙하하는
빗방울을 마중한다

다시 찬란한 여행을
야무지게 꿈꾸는 물방울들을
강물에 풀어 주었다
범람하는 강을 본다
그제서야
마을이 큰 용트림을 한다

**지붕끝에 매달린 빗방울을 받고 놀다.

냉커피

여름은 하루해가 길다.
속히 해 질 일이 없기에
낮에 잘 빈둥댄다.
지나간 겨울날의 안부를
묻기에도 그만인
여름날들이 즐비하다.

깡깡하게 얼어붙고
말라 비틀어지고
늦은 해가 들고
일찍 해가 꺼져 버리는
모든 게 섭섭한 계절도
여름 안에서는 뜨겁게 자유롭다.

뉴스에서는 갑자기 흑백이 섞인

쓸쓸하고도 벅찬

키스의 향연이 열렸다.

찰나,

겨울을 뒤져 언 강물을 깨고

커피잔에 얼음을 더 넣고 싶었다.

남자의 생애와 음악들을

역사 속 불후의 명곡으로

남길 것을 약속하며

인류에게 부고가 날아 들었다.

그날 저녁 내내

입맞춤은 멈추지 않고 필름이 돌아갔다.

**엔니오 모리꼬네, 별이 되다.

머피의 법칙

한없이
버스에서 내리기가 싫어서
점심 약속한
미스 정에게
하는 수 없이
전화를 걸었다
피치 못할
사색에 걸려서
도통 움직일수가 없다고

아쉬운 소리

안 해도 되고

가고 싶은 데도 많고

시간도 널널한데

오늘은 어디까지든

갈 수 있는데

오늘따라

왜 이리

멀미가 나고 귀찮은지

**살다 보면 이럴 때도 있다.

카타르시스

여름 한밤
검게 내리는 비를 바라보겠다고
창을 다 열어 두었는데
웬걸
빗물이 난폭하게 쳐들어와
다시 창문을 닫았다

어둑해질 때
비를 내릴 생각도 없던 하늘은
무슨 욕심에선지
노을이 떨어지자 마자
비를 뿌렸다

별이 찬란하게 뜰 일도 없고
달이 휘황히 걸릴 일도 없이
하늘은 오늘 밤을 걱정도 없이
비 뿌리는 일에 혼이 나가 있다

비는 하늘의 눈물이라고 했던가

비단 나의 땅에만

폭우를 지르는 게 아니다

코 풀고 눈물 짜는 하늘에 매달려

심장을 체크 해야겠다

누가 동아줄 좀 내려줘

**집중호우.

진달래

그대가

온몸으로

연분홍 춤을 춘다하여

그대를

독하지 않다

할 줄 아는가

푸른 동맥을 끊고

홀로 터져

쌉싸름한 입맛 다시게 하는

그대는

내 어머니 청춘을

잡아 먹은 날

내가 깨문

아랫 입술 핏물처럼

달콤 미지근하다

**진달래 꽃을 따서 먹었다.

염색

에라 모르겠다

쏟아부어 놓으면

힘껏

빨아 당기겠지

흰 땅을 물들이며

다시

푸르른 척 조짐을 보이겠지

똬리 튼 머리카락 풀어

검은 약물에 절이며

오늘부터 반짝거릴 것에

활활 의지를 태운다

오늘 바를 립스틱을 골라

풍만한 입술을 그리고

새파란 인생을 다진다

**머리 염색을 하며.

벼루

한 붓
뒤집어 쓸 양으로
검은 돌을
부수고 앉아 있다

험한 산맥을 넘어
꾸벅 절을 올리고
말 한마디 없는
어미가 사는 하늘에 대고
기도를 모으는

황혼에 드신 백발이 성성한
조부의 머리 꼭대기에 나붙어
붓질 해 염색이나 해 드릴까
기적의 청춘을
고대하지 않을 당신이기에
애교는 단절되고

숨막히는

하얀 땅에서는

양귀비 꽃도 별수없이

검은 봉오리를 달고 썩어 가네

**먹을 갈며 수만 가지 기도를 했다.

봄바람

컵라면에 물을 부어 놓고
잠깐 마당에 나왔다.
참새떼가 담장 위에
쪼르르 앉아서 마치 내가
한마디 말이라도
떠들어대야 할 듯
나만 쳐다보고 있다.

무슨 근사한 이야기 없을까.
하지만 나는 이내 체념한다.
바람 이는 대숲을
모른 척 하지 않은 참새 떼가
우루루 담벼락을 걷어차고
달려서 날아가 버린 것이다.

조용해진 담장 어깨 위로
목련 꽃잎 가만히 추락한다.
순간,
꽃 잎새에 내 이름을 새기고 싶었다.

목련나무를 흠씬 끌어안고
가지를 당겨 팔짱을 꼈다.
다시 한번 바람이 코끝에서 살랑였다.
내 두 눈은 반짝이며 글썽였고
목련도 울며 자꾸자꾸 낙화했다.
우리의 봄날이 황홀하게 지나간다.

**하얀 목련이 질 때.

명태

언 바람에 물컹한 몸을 매달아
어떤 날은 따스한 햇빛을 먹고
또 칼바람 부는 날은
살얼음 뒤집어 쓰며
밭골을 넘나드네

청실홍실 엮어 다부진 인연이 된
쌍쌍이 늘어진 사연들
종일토록 참나무를 베고서
뼈득뼈득 말라가네

북북 황태 살을 찢어가며
포슬한 살밥을 입에 무네
얼었다 녹았다 약을 올리던
그 세월 탓인지 가시도 걸리지 않네

짭쪼름한 바다를 씹으며

무수를 삐져 넣고

달달 볶은 솥에 황태를 푹 앉힌다

바짝 쫄아가며

근근히 매달려 버티던

한 겨울날의 피로가

한 소끔 끓어올라 봄이 되었다

**황태 덕장을 바라 보며.

**밭골: 밭고랑의 준말

**무수: 무의 방언(사투리)

동지 팥죽

설탕을 뿌리면서
야무지게 휘저어 가며 식힌다
누군가의 간절한 소원을
숟가락 위에 동그랗게 올려서는
함께 고대하며
동글동글 빌어 부친다

오늘밤
가장 긴 어둠을 버텨야 하는
그 전설을 따라서
서두를 것 없던 태양은
일찌감치 한 고개를 넘었고

팥 주머니
부처님 전에 공손히 바치던
할머니의 기도가 아직도
절 앞마당에서 맴을 도는데

동짓날 팥죽을 쑤어
팥 알맹이 새알 돌돌 건져 먹던
어린 날을 부르며
싸릿문 밀고 들어오던 바람에게
할머니의 안부를 묻는다

**동지, 달달한 팥죽을 먹으며.

명상

음악을 틀어 놓고
커피를 만들고
몇 개의 펜을 집어 들고
책상에 앉았다

음악을 따라
차근차근 노래를 흥얼대고
따스한 커피를 음미한다
무엇이든 가득 배불리 채워지길
기다리는 욕망의 하얀 노트
무슨 말이든 끄적여 지기를
학수고대하는 볼펜

허나 커피가 다 식어서
비워지는 동안에도
음악이 흘러흘러
끄트머리를 달리는데도
내 머릿속은 구를 생각이 없다
순간 엄격히 차단되는 내 마음

이리 이러고 있는 것도
참 마음 편해
내동댕이 쳐질까 염려되었다
그리 멍한 세상에서
빠져 나오기가 싫었다
밖에는 아직도 비가 그칠줄 모른다

**추적추적 비가 내렸다.

드라이브

쏜살같이 지나는
창밖의 풍경들
한 번 시동을 걸고
출발한 버스는
흔한 신호 한 번 걸리지 않고
단박에 달린다

마침 오늘 내 기분을
잘 받아 주는 것 같다
반복해서 듣고 있는
올드 팝을 따라서 흥얼거리며
버스를 타고 있다
그러다 내가 먼저 그 흥을 깨고
지쳐 나가떨어졌다

마구잡이로 뻗은

수많은 길 위에서

제각각의 고뇌를 싣고

차들이 달린다

그중에는 상처를 내고

다리를 건너는 자들도 더러 있다

그러나 얼마 못 가

본모습으로 되돌아 선다

오래전부터다

모든 길 위의 것들은

서로를 지나고

나를 추월해 갔다

무조건

**날이 좋아 버스 타고 한 바퀴 돌았다.

눈사람

캄캄해서
밤새 알지 못했는데
아침에 창을 열고 보니
지천에 눈밭이다.
언덕에는 아이인지 어른인지 모르는
누군가가 썰매를 끌어 대고 있다.

여기저기 세우다 만
눈사람의 흔적들이
골목마다 그득하다.
팔짱을 끼고 밖을 내다 본다.
홀짝대며 커피잔도
들었다 놨다 하면서.

칭칭 동여 싸매고 뛰어나가
언 길에 붙들려서
만들다 버려진 눈사람 데굴러서
생명이나 불어넣어 볼까.
다행히 튼튼한 눈덩어리를 주웠다.

몸통 위에 턱 괴고
올라앉아 나는 생각한다.
태초에 새겨진 신화를 좇아서
끝끝내 함께 녹으리라고.
그리고 서서히 흐느낄 것이라고.
멀리 길 끝에 낯익은 나를
누군가 또 살찌우며 굴리고 있다.

**눈이 많이 내려 눈사람을 만들었다.

소한

축축한 안개가 흩뿌리는 날
소나무 꼭대기 위에
날아가 앉은 까치 한 마리
아까부터 미동도 없는 것이
오늘 날 것을 그만둔 모양이다
가까스로 매달려서
멀리로 날아가 버린
짝의 행방을 수소문 하는지
길 끝에서 헤맨다
안개가 하늘로 올라가자
건너편 교회 뾰족한 지붕 끝에
새 한 마리 또 보이네
아스라히 대롱이며
세상을 내려다본다

이내 고개 들어

숲으로 날아드는 새

다리를 모으고

날개를 접어

쓸쓸한 안식처로 입주한다

**추운 날에도 새들은 부지런히 날아간다.

짝사랑

스산히 바람이 부니

꽃눈이 날리네

땅끝에 내린

꽃이파리들

한 번 더 맴을 돌며

회오리를 치네

모자이크 찍어 붙이듯

다시 나뭇가지에

꽃잎들 수북이 피어나게

달고 싶네

그리 또 피어나도

나는 내 속을

토해내지 못하겠지만

**벚꽃이 떨어지는 일을 아쉬워 하며.

목련을 보며

비가 유리창에
빗방울로 그림을 그리고
아이는 부엌에서
라면을 끓이고
나는 종이에
시를 적는다

목련도 다 져서
꽃그늘 아래에서
편지를 읽고 쓰던
사람도 떠났다

함박스레 야무지게 피었다가
지금은 그 어디로
펄펄 날아갔을까
비바람이 더 다녀가기 전에
하얀 꽃잎에 시나 한 수 새겨 볼까

**목련이 피었다 지는 시절.

해바라기

하늘의 속내를
알 수 없는
어느 봄날 오후
큰 창가에 서서 밖을 본다

까만 고양이가
흰색 차의 등에 올라타
기지개를 켜고
하늘 높이 걸린 태양 말고는
아무것도 소용없으니
아는 척을 말라 한다

고양이의 비정한 주문 앞에
나는 순간
세상 앞에 기죽은 사람이 된다
그러나 가장 행복한 척
칙칙칙
유리창에 물을 뿌리며
슥슥슥
씩씩하게 닦아 낸다

경이로운 바깥 풍경은
한낮의 그림으로 앉는다
창이 맑아질수록 매혹적이지만
빤히 들여다 보이는
고양이와 내 속은
오늘도 속절없이 빈곤하다

**창문 청소를 했다.

코로나19 3

땅바닥에 퍼질러 앉아

흙 줌을 쥐고서

사방으로 흩뿌리고 싶었으리라

흙탕물에 주저앉아

두 발을 내동댕이쳐 비비며

천하에 악을 쓰고 싶었으리라

다시 못 뵈올 줄

꿈에도 몰랐으니

손길 한 번 쓰다듬지 못한 채

숨어든 가여운 신화였던 당신

깃털같이 받아든 항아리를

깨지도록 부여안고

기가 차서 조용히 통곡하네

눈물이 차오르자

하늘에 무지개를 치는

냉정한 오늘 아침

**코로나에 걸리신 부친의 장례를 손수 못 치른 아들의 사연이 뉴스에 나왔다.

겨울

취이이히힉

겨우 땄다

알싸하게

한 모금 넘기는데

어이쿠

이제부터는

사지를 떨며 마셔야 한다고

온몸이

부르르 떨며 말한다.

치이익

피이익

하나 더 땄다

괜히 땄다

춥다

**겨울, 편의점 앞에서 캔맥주를 따서 마시며.

소풍

바람 많은 날
커피만 축내고 있다
아까부터 틀어 놓은 접시는
지금 어디까지 여행중인지
노래는 늘어져
어디론가 끌려간다

세탁기에서 꺼낸 빨래들을
마루에 펼쳐 두고
양말부터
빨랫줄에 널기 시작한다
신발까지 갈아 신고
햇빛 아래 드러누운 빨랫줄

축축해진 치맛단 주름 펼치고
바람 걸린 숲으로 데려가서
눈부시게 차려입히고 싶다
지나가는 구름 한 점
치마폭 속에 숨어서
숨바꼭질하며 놀다 가네

**바람 좋은 날 빨래를 너니 속에 바람이 든다.

흑장미

대청에 대롱이며 앉아서
하룻 밤새 빗물 받아 먹고
새파랗게 더 자란
숲을 바라 본다
봄부터 튼실히 푸르른 것이
올여름에도
풍성한 산을 보리라

어제 꽃밭을 만들었다
해바라기와 코스모스는
아직 심지 않았고
장미만 돌봤다
어젯밤 비에 장미 꽃대가
흠뻑 물을 마신 모양이었다

더도 말고 덜도 말고
딱 한 송이만 피어 났으면
여름 한 철
소쩍새와 뻐꾸기의 노래 들으며
그를 들여다 봤으면 싶네
딱 한 송이만 피어나 봐라

**마당에 꽃밭을 만들었다.

춘삼월

삼월
폭설에 갇힌 사람들의
뉴스를 들었고
내 집 앞에 매화가
피어나고 있는 것도 보았다

겨울인가 봄인가
하면서 갸웃대는데
길 건너 여름인 양
양산까지 받쳐든 여인
꽃 핀 치마 나풀거리며
살살 거닌다

그 봄바람 타고서
산에 들에 새들이 날고
나무들 초록 살을 붙이고
꽃망울이 뜨거워질 것 같다

너무도 사모하는

그리하여 그토록 잔악할

봄의 전령들을 앞세워

천하를 깨워 본다만

나 또 다시 끝끝내

고독해지고 말 시절을 맞네

**꽃핀 삼월에 폭설이 내렸다.

일요일

동네 어귀에 벚꽃이
봉오리 진 것을 보니
멀리 남쪽 땅에는 아마도 꽃이 만개하여
여럿 홀리고 있을 게다.
플라스틱 빈병 깡통을 골라 담으며
지구가 덜 아프기를 기대한다.

집집마다 일요일들이 쏟아져 나와
길 위에서 맴돈다.
자전거를 달리고 말끔한 세차를 하고.
꽃나무 아래 유모차를 세우고
사진기를 설치하고.
벤치에 앉아 사색을 붙잡고.
허전한 마음이 별안간 쳐들어 오면
커피 한 잔 들고 걸어도 좋을.

맑거나 혹은
쾌청하지 못한 일요일들이

즐비하게 천지에 누워 있었다.
분리수거를 마치고 손을 탁탁 털고
집으로 돌아왔다.

책꽂이에 철썩 들러붙어 서서
손가락으로 물결을 친다.
커다란 앨범 한 권 꺼내서
옛날을 깨워 둘러본다.
내 아이들을 꼭 닮은 아이들이
올망졸망 지저귀고 있다.
나도 어린 날까지 따라가 보지만
너무 멀리 떠나와 있었다.

찰나, 빈 속이 꼬륵댄다.
콩나물과 고사리 무침
고추장에 참기름 한 방울 넣고
밥을 비볐다.
입 속을 위로하며
남은 일요일을 배웅한다.

**빈둥빈둥 일요일을 보내면서.

짝사랑 2

또
어김없이
찾아왔구나
해마다 뚫어져라 쳐다봐도
가눌 길 없이 늘 아름답다
가슴 답답하도록
화려하게 유혹해
나홀로 남겨 놓고
바람이 데려가는 대로
날아가 버리는 그대는
무슨 일로 아무 말 않고
때마다 드나드는가
다음엔 왔다 간다고
귀띔이라도 해 주시길
떠나는 날에 나라도
한마디 건네 줄터이니

아니 그 또한

그대에게 미쳐 있담

또 입이 다물어 질래나

**벚꽃 아래 풍덩 빠져서는.

수면제

밤새 방바닥에 배를 깔고
키득대다 흐느끼며
소설책을 읽던 시절
그때도 불면의 밤을 보내느라
그밤에 덩그라니 깨어 있었던가

가끔 약을 먹으면서 생각한다
이 약은 나를 어디까지
데리고 가는 것일까
꿈속을 달려 보지만
언제나 그 자리다
그런데도 어딘가를
다녀온 기분이다

약을 두 알 입안에 넣으며
오늘밤 푹 잠들 수 있기를 기도한다
자야겠다
자고 싶다
잘 수 있을 것이다
자자, 자!
내가 잠들지 못하는건
장내 미생물 때문이야

주체할수 없이 굴러 떨어지는
하늘의 눈물을 얻어맞으며
창문을 닦는다
밤이 깊어지니 눈이 더 내린다
잠도 더 안 온다

**눈 내리는 밤에 쓰다.

천도재

바람부는 바닷가에
검은 사람들이
노란 꽃들이 몰려서 피어 있는 곳에
오늘도 무릎을 꿇고 있다

아이의 손을 놓친 어미
몇 년째 팔목에
두른 노랑 팔찌를 만진다
병은 갈수록 더 깊어진다

아이들을 가슴에 묻어 둔 날부터
그 가슴은 언제나 덜컹거린다
음울한 땅 위로 하얀 국화가 지나간다
짙푸른 바다에 떨어진 꽃은 둥둥 떠올라
한참을 제자리에서 맴을 돌다가 흘러간다
오! 아가! 너구나!
아비들이 눈을 번쩍인다

하늘도 마냥 푸르고 맑을 수 없어
흐린 눈물을 떨구고
숲도 울창할 수만 없어
숨을 죽이고 섰다

날마다 악몽에서 소스라쳐
깨어나는 꿈을 꾸는 아이들의
꿈속을 함께 헤맨다
그래도 빛나는 해몽을 풀어
살풀이를 너울댄다
천년만년 이 구슬픈 춤을 추고 나면
그때는 화석으로라도 굳어 있을래나
헐어서 텅텅 빈 가슴

**4.16 세월호 참사 7주기.

세월

마땅히 할일도 없는 그런 날
누구에게도 찾아 가지 않는 그런 날
음악소리 작게 맞추고
창가에 커튼은 치다 말고
창문 틀에 팔꿈치 대고
먼산에 흔들리는
나무들과 마주한다

소나무 전나무 개잎갈나무
그리고 더 이상은
내가 모르는 이름의 나무들
다정한 동네에 뒤로 물러나 앉은 작은 산
저도 산이라고
까치며 까마귀 박새 참새 떼들도
집을 지어 두고 들락날락댄다

사계가 뚜렷한 산에서는

철마다 크고 작은 행사를 치른다

꽃이 피고 잎이 무성히 매달리고

낙엽이 되고 뽐낼 건 다 낸다

그러고 나면 다음 해에 더욱 풍성해진다

그리 산이 우거진다

**계절이 금세 지나고 바뀐다.

쇠꼴을 베며

새벽
아무것도 없다
천 년을 훨씬 넘기고도
천 년을 다시 흐르고 있는 강은
아직도 산천초목에 집착한다

나는 멍든 몸뚱이를 안고서
강에 띄워 둔 빈 배에 올라타
멀리 산에서 우는
뻐꾸기를 찾는다
새는 떠나간 길을
돌아보는 법이 없다고
할머니께서 말씀하셨다

간절하게 울부짖다 날아간 새는
이리 큰 자연 속에서
어찌할 바를 몰랐을 것이다

나는 빗속에서 울음을 토하다
멀리 날아간 새를 걱정했다

하기사
내가 걱정한다고 무슨 수가 있나
만 년 전에도 세상이 이랬을 건데
내가 뭐라고 세상만사를 염려한단 말인가
기죽어 괜스레 송아지까지 얼러
외양간서 소를 끌고 나와
다시 강가에 서서 소에게 물을 먹이고
강에 주저앉았다

강에서 운 자는
강에 가서 눈물을 그쳐야 한다
물속으로 비가 떨어진다
짝궁 홍숙이네 국수가 먹고 싶었다

**황매산 복숭아골에 홍숙이가 살았다.

피아노

몰랐었다
최후의 통첩이
날아들 것을
자유로부터 긴급 연락이 왔다
다소 오해의 소지도 있지만
자유, 금지된 것으로의 귀환

라디오에선 꾀병을 부린
프랑스 어느 마을의 노인이
거짓말을 고백하고 있었다

자유를 잃어 가난한 나는
굶어 죽기로 결심한 사람이 되어
내 살들을 짐승들에게 맡기고
해골이 다 되기를 기다렸다

하지만 산다는 건

만만한 것이어서

진정으로 그대가

그 하나뿐인

고독일거라고 믿고 싶었다

빈곤이 뚝뚝 떨어지는

구질대는 저녁

피아노를 치는

소년의 손가락이 씩씩하다

**입원해 피아니스트의 연주를 들었다.

고백

각각의 불투명한 분노와
고통이 난무하는 이 시대.
사막같이 파괴되고 있는 이 세상에서
오늘도 희망을 찾아 나선다.

목숨을 내놓고
매일매일을 목놓아 울어도
결과는 치명적이다.
결코 애인은 오지 않는다.

땅에 지팡이의 발자욱을 찍으며
슬프지만 미안하지만 어쩔수 없다는.
바라보고만 있어야 했다는 말뿐.
우리는 손을 놓았다.

멀리 빈 바닷가에서
어미 없이 사는

갈매기 새끼 두 마리를 향해
우리는 수정돌을 캐서 던져 주었다.
배후의 인물이 갈매기들에게
곧 찾아올 것이라는 변명도 덧붙였다.

새끼 새의 배에 빌붙어 사는
기생충을 잡아 주었다.
새들의 여린 깃털도 빗질해 주었다.
영양실조로 끼룩거리며 엄마를 찾는
세상의 모든 고아 새들이
빈 바다를 메우고 가득차 있었다.

먼지 투성이에 상처받은
가여운 새끼들을 씻기기 위해
비누가 필요했다.
하지만 내가 숭배한 물과 비누와 수건이
한꺼번에 준비되지 못했다.
그래도 우리는 명랑한 새끼들을 돌봐야 한다.
순간 바람이 조용히 불었다.

**『왜 세계의 절반은 굶주리는가』를 마음 저리게 읽고.

어머니 신위

괜찮다
기죽지 마라
듣지 못하는 자가
네 옆을 지나가도
너의 노랫소리를 기억할 것이니

괜찮다
울지 마라
말하지 못하는 입이
하늘도 할 수 없는 일을
야금야금 쪼아 놓았으니

비 오는 날
굴속으로 기어 들어간 태양은
혼신의 힘을 다해서
하늘로 올라갔다

안절부절
서쪽 야산에서만 사는 노을은
겁없이 태양을 따다가
그 저녁 깨끗한 벽에 걸어 두었다

모처럼 가난하여
찬물에 밥 한 술 말아
상을 차려 놓으니
나 참 많이도 커 있었다
빈 방으로 서둘러 성당의 종소리와
풍경 소리를 불렀다

**몸이 아파 어머니 제사를 지내지 못한 날.

군밤

여린 잎사귀를 이루며
솜털같이 송이송이
부드러운 열매를 매달아 놓더니
이젠 따가워 손도 못 대겠구나

꽉 신은 신발채로
너의 배를 가르고
벌어진 주둥이를 쩍 벌리고
겨우 문질러 까서
떫은 속껍질마저 떼내고
한 입 먹으려는데
이런
꿈틀대며 자리를 박차고 기어 나오는
통통한 허리를 놀리는 입주민
어느 구멍으로 들었던 것일까

단꿈을 다 빨아 먹었을테니

때깔이 좋겠구나

아무래도 함께 태어난 놈들은

내가 까먹어야겠구나

한 방에서 익었으니

달디 달 것 아니냐

간식으로 먹으려고 솥에 넣었더니

뻥뻥

껍질 터지는 소리를 내며 뒹구는구나

**해마다 밤산에 열리는 밤들이 달다.

피리

늦여름 해 저물녘에
가끔 산에서 나팔 소리가 난다
하루는 어느 정처 없는
집시의 애잔한 통곡같고
어떤 날은 군대의 힘찬 박력의
나팔음이라 날짐승들이 놀라
날아가 버리기도 한다
그리고 어떤 날은 아무렇게나 불어댔다

산속에 숨어서
나팔을 불어주는 사람에게
더러 고마웠다
살아가는 데 간주곡을 틀어주는 것 같았다

그가 연주를 멈추면

나무들이 바람 부는대로

몸을 흔들어 노래를 불렀다

다시 입술에 힘을 바짝 불어넣었는지

음표들이 튀어 오른다

나팔 연주자는 음표를 하나씩 따라가

나뭇가지에 걸어 두며

오늘 해거름에도 음악을 짓고 있다

신록이 펄럭이고

숲에 사는 새들은 열창한다

**누군가 산에서 자주 색소폰을 분다.

독불장군

눈이 빠져라 거울을

들여다보다가

결국 거울 속으로 들어갔다

날마다 날마다

나를 유혹한 거울 속은

끝내 나를 꼬드겨서 불러들인 것이다

올바른 성품을 갖추고 살기로

작정했지만 거울 속으로 들어가면

더 이상 나를 보지 못하니

천상천하 유아독존에 든다

건방지다 해도 어쩔 수 없다

어디 보고 배운 데가 없으니

지나친 욕망에 사로잡혀도

나는 나에게 할 말이 없다

천 년 전에 살았던 공주는

어디로 도망쳤는지

어느 방에도 없다

순간 세상을 쏘아보다가
외롭고 서러워 할 말 잃고
도저히 설움에 복받쳐 살아서는
나갈 수 없을 것 같아
이 세상에 앉아 펑펑 울었다
거울 속으로 비가 스며들었다

**병실에 앉아 거울을 들여다 보며.

눈 오는 날

고양이
눈밭에 기고

까치는
지붕에 앉아 나뭇가지
어디다 내려 놓을까
갸우뚱대고

소는
여물통 김 서리는
향기 즐기고

누렁이
목걸이 풀어주니
온 동네 벗들을
다 불러내네

사람은
사람은

**우리 마을에 눈이 내리면 평화로웠다.

코로나 19 4

허겁지겁 달이 떠올랐다
바쁠 것도 없는 날에
둥그렇게 하늘가에
떠올라 앉아서는
오랜 지병으로 끙끙 앓아
눕기 전의 세상을
어루만지듯 달빛은
이 먼 세상을 비추고 있다
나는 달빛 아래서
두 손을 모으고 평화롭게 살던
그 옛날을 생각한다
그 무수한 눈발처럼 무던히 많았던
나날들을 행복하게 지낸 것에
인류로서 또 감사도 한다
달이 더 높을 수 없이 높게 떠올랐다
나는 정안수 한 그릇 바치며
밝은 달빛을 쬔다

**코로나로 우리는 많은 것들을 잃어간다.

장마

비 소식이 있을 거라 했다

꿉꿉한 날씨지만

머리를 감았다

머리를 다 감고 나왔는데

정말 비가 내리고 있었다

이럴 줄 알았으면

빗속에 뛰어나가

머릴 감을 걸 그랬다

비도 오는데 말이다

긴 머리 말릴 일이 태산이다

빗속으로 다시 들어가서

엄살이나 떨까

그러면 엄마가

감겨주듯 할까 몰라

**비.

저녁

늦은 저녁을 받아먹고
달 떠오른 창가를 바라보네
저녁 일찍 떠올랐던 달은
어디 하늘가에 가서
붙박혀 있을까를 생각하나 덩그렇다

단원 선생의
쓸쓸한 주막집에도
분명히 걸리었다
달아났으리라

소슬히 바람부는
저녁 나절
국밥 한 그릇 말아 내는
주모의 이마에도 드리웠을 테고
하루를 챙겨 넣는 사람들
머리 위에서도 명랑하게 밝았을 테지

버들나무 아래서

곰방대 털며 앉은 노인

조촐하게 따라 붓는 탁줏잔에

둥실 떠오른 달덩이

여러 개를 따서 잡숫네

술잔마다 달이 담겨 흔들리네

**단원 김홍도의 '시골 주막'을 감상하며.

카푸치노

까끌하고 매끈한 메추리 알을
미끌미끌 뽀얗게 까 놓고
마늘을 알알이 툭 하며
붉거지게 까고
명성 높은 맛간장을 따라 붓고
간을 조박조박해서
냄비를 불위에 올려 놓았다

장조림이 맛있게 조려지기를
학수고대하며 소파에 앉아서
빨래를 걷어 개어 놓고
요리조리 TV채널을 돌려댔다

답답한 세상 소식을 듣다가
청량한 쇼호스트의 명랑한
바람잡는 소리를
따라가다가 꾸벅 졸았다

나는 졸고 냄비는 졸았다

속이 헐었다

풍성한 거품 위에서 아무 일 없다는 듯

달콤하기로 했다

인생은 만만치 않다

**세상사 뜻대로 안 되기도 한다.

상처

아직 달빛에 물든
하늘을 바라보며
오늘 하루 또 어떻게 살아갈까를
고뇌해 보는가
담배 한 개비를 피우고 앉아 있다

해가 중천에 걸려도
이불 속에서 나오기 싫은
이 엄동설한의 서슬 퍼런
검은 새벽 한가운데 서서
어쩌면 밝아오지도 않을
분홍빛 미래에 수많은 날들을
몽땅 저당 잡히고
오늘도 꼼짝없이 제 손에 끌려 나와
온몸에 못을 박아대는

더디 눈뜨는 아침을

흠모한지도 오래

돈 뭉탱이로 휘감아

칭칭 동여매 두는 인생도 아닌데

마음 홀랑 벗겨서

늘상 새벽부터 돈을 번답시고

망연히 나와 줄을 서 있다가

내동댕이쳐져 먼산을 판다

**사는 게 힘에 겹다. 새벽 인력시장에 일감이 많이 줄었다 한다.

고집

한 천년을

쉼 없이 살아간다면 어떨까

욕심이 좀 없어질까

살아갈 날들이 많으니까 말이다

많이 살아서 지겨울까

아니 모든 게 소중할 수도 있을까

세상이 많이 우스울 수도 있을까

다가오는 모든것들이 슬프고 아름다울까

얼마나 많은 나를 만나고 살아갈까

다 알아서 서글픈 인생

많은 일들이 이해가 되고 모르는 게 없겠지

그래서 아프겠지

갈수록 여려져서 쓰라리겠지

한 천년을 살다보면 알 거야

내가 어떤지 알 수 있을지도 몰라

어쩌면 영원히 모르고 넘어갈 수도 있지

천 년 아니라 천만 년을 넘어이 살아도

내 안에서 나는
안락할 수 없다는 것을 안다
제대로 안고 살지 못할 것도
나는 알고 있다

**영화 '올드 가드'를 재밌게 보고 나서.

민들레

빈 고구마 밭에
민들레 홀씨가
머리를 하얗게 틀어 올리고
동그랗게 춤을 춘다

후우
불어 주어야
꽃은 소원을 이룰 텐데
아니 불지 않을 거야
날아가지 말아라
바람도 멈추어라
내 소원 빌어 부칠 때까지
내 손끝에 아직 닿아있어 다오

후우

나도 이젠 빨리 힘찬 입김으로

불어 주고 싶다

이기적이고 환상에 찬 소망들이

온 천지사방으로 나부끼네

**민들레 홀씨를 불며 실컷 소원을 빌었다.

독도

팽이갈매기 떼들이
푸른 땅 머리맡에 줄지어 앉아서
성근 머리칼을 콕콕 찍어 누른다
시원해진 땅은 이마를 자꾸 쓸어 넘긴다

하루 온종일을 버티고 서 있어 봐야
하얀 파도 밀려와서 부서지고
산꼭대기 높이 장군처럼 앉은
바윗돌 늠름한 자태나
올려다보는 일이 고작인 섬

장엄히 떠오를 해를 밤새 기다리며
찬란한 여명을 열어 두리라
아침해를 머리에 이고
바닷길 멀리 달려서 올 사람들
큰 인연이라 여기며
섬은 날마다 성난 파도 물리시어
뱃머리 반겨주시길 용왕께 빌어 본다네

더는 홀로 떠서

외로워서는 안 된다고

섬에 닿은 사람들

부탁의 깃발을 들어 흔들며

친절히 언급한다

**TV에 모처럼 독도의 소식이 나왔다.

달

하늘이 오직 하나
한 달에 한 번
옥구슬을 내뱉는다
세상은 그곳으로 집중되고
눈을 떼지 못한다

밤새 옥토끼가
금빛 방아를 찧어
저 먼 바다에
소슬히 뿌린다는 전설이 있더라

그 황홀한 풍경에 어느 시인
달빛은 바다에 키스한다는
야릇한 밤 이야기를 썼다

낮에 태양이 마른 빗살을 퍼부을 때
달은 겨우 태어나 있기도 하다
막막한 밤에 달은 절정이다
저리 고운 밤손님을 어이 보내 드릴꼬

곁에 있던 벗 손가락 펼치며
큰 대륙에도 저런 달 뜨는데… 한다
이런
이태백이 갖고 놀던 달이었지 않은가
허허허
그곳에서 시나 한 수 읊어가매
세상 내려다 보고 있을라나
달아 달아 이태백이 놀던 달아

**병실 창으로 큰 달이 비추고 있었다.

125

한글

나 우는가

책상위에 나뒹구는

모나미 파란색 볼펜을 집어 들고 앉아서

그대들에게 편지를 쓰면서 나 우노라

두고 두고 아껴 두었던 말들과

글과 이야기들을 쉼없이 늘어지게 지어 쓰며

나 고마워 한없이 우노라

그대들은 내 이 모든 글자들의 향연을

그저 아카시아 나뭇잎 똑똑 경쾌하게 따듯

설익은 추억들을 함께 짜맞추며

어울려 읽으며 울어주길 바라네

그대들에게 넋두리 푸는 이 순간에도 나 우노라

내가 이리 우는 것은 행복해서라네

내 글이 그대들에게 전해지는 것은

우리가 조국의 말과 글을 쓰는 것은

목숨 내 놓고 지킨 선조들 덕이 크단 걸

새삼 한 번 더 느끼네

우리말로 편지를 쓸 수 있어 한없이 기쁘다네
핏속으로 긍지와 자존감이 높이 솟구치며
자꾸 자꾸 눈물이 흐르네
마지막 혼까지 쏟으며
어찌할 줄 몰라 광기 어린 글을 부치네
우연히 답장을 부치게 된다면
눈부신 우리 말과 글만 골라 써서 봉해주시게
그러면 나는 더 행복하여 기쁘게 울겠네

**영화 '말모이'를 눈물겹게 감상하고 나서.

벚꽃나무에게

아마도 그대에게 그런날은 없을까?

노을이 처절하게 지는 어느 초로한 가을 저녁때쯤

낙엽지는 그대 몸에서 꽃이 피는 일은 없을까?

그 가을 한낮에 탐스런 꽃송이를 세어 가며

팝콘마냥 팡팡 터진 풍성한 벚꽃나무 아래서

한 웅큼 추억을 뒤지며 쓸쓸히 행복해질 일 없을까?

봄에만 꽃이 피고지는 습관으로 말미암아

아니해도 이 황망한 시절을 더욱이 울적케하는,

소주 한 잔 걸쳐 먹고 그대를 찾아왔노라.

거친 몸뚱이를 세우고 거만히 내려다보는

반쯤 벗어젖힌 나목.

찢은 눈을 흘기며 봄날 내가 파묻어 둔 꽃씨를

피워 달라고 애원하는 나를 조금 이해하고 봐주며

아름드리 꽃나무 만들어줄 일은 없을까?

그리 흐드러지던 봄날에 보았던 열정을

딱 한 번 기대해보는 내게

지금 빠알갛게 노을 지는 하늘 아래

하얀 꽃이 절대로 피어 터지는 일은 없을까?

썩힌 살들을 밟으며 또 한겨울이나 나고 보자고?

아

이 아찔한 협박

하여 해마다 봄날이 아슬아슬했구나.

**가을에 너무나도 좋아하는 벚꽃을 그리워하며.

코로나 19 5

읽던 책을 덮었다
책갈피를 끼우며 턱을 괴고
가만히 쳐다본다
뜨거운 커피를 후후 불면서
종이컵을 만지작대며 눈 흘긴다

아이스크림이
땅으로 처박히는 곡예를
부리는지도 모르고
넋잃고 광경을 바라보는 사람

무대 위에서는

노랑 원피스 나풀대고

꽃다발 두둥 춤추며 날아들어

포옹을 부른다

별안간 철썩

자석처럼 온몸을 끌어당겨

서로의 입술을 착취해 버리고

입맛 다신다

**코로나로 서로 뜨겁게 안을 수가 없다.

여행

안 그래도 하얀 이를 드러낸
소녀들의 닫힐 줄 모르는 입술을
더욱 혼란스러이 만드는 매력을
터뜨리고 있는 사월

아직도 내 앞에는 교정 꽃밭
흙다발 사이에서 봄을 피워 올리던 시절의
꽃들이 만발해지는 듯하다
싱그러움을 기억하며 나 오늘 여기에 산다

내 어린날의 재산이요, 보물이며
애인이던 교정
지금도 그 난리법석의
순간들이 보고파 뭉클하다
다들 꽁꽁 숨어있다 내 가슴에 묻어 둔
추억도 찾아 내며 방글대네

음악당에 모여 목련화를 피우는 소리가

지금도 희미하게 들린다

종소리에 깜짝 놀라 꿈에서 일어나네

운동장으로 똑같은 아이들이 뛰어나온다

울적한 사월들이여

봄 한철 멀미가 달아난다

**따스한 봄날 모교에 들렀다.

수행

나는 왜 마음속에조차
지어 놓지 못한 집을
높은 산꼭대기 위에다가 짓겠다고
그 무수한 지푸라기들을
산 위로 다 옮겨 놓았을까

우둔한 삶의 길목에 서서
억지로라도 행복하기 위해
촘촘히 지푸라기를 다듬는다
행복에 대해 잘 모르기 때문에
행복한 꿈을 붙이기도 쉽지 않다

집을 짓기로 작정한지도 오래
하지만 바람이
서로 부둥켜 얼싸안고 춤을 추고
새떼가 날아다니는 하늘을 관조할 뿐
짓지도 허물지도 않는다

잡념이 즐비하게 늘어서서
또 하루 공치고
심오한 인생에 도취된다
내일은 지붕이라도 엮을 수 있을까
까치가 나뭇가지를 자꾸 물고 온다

**마음을 정갈히 닦는다고 앉아 있었다.

박하사탕

눈썹을 매만지고
콧등을 문질문질
입가를 씰룩거리며
매매 세수를 한다

찬물 끼얹어
푸푸 씻어내 보았지만
이내 졸음이 다시 밀려 오네
찰싹찰싹 낯을 때려가며
로션을 바른다
그래도 졸리다

사탕을 깠다

입속에서 세상이 녹아내리고 있다

졸음을 함께 삼키려고

와그작 아자작

사탕을 깨부순다

천지가 혼잣말로 나를 흔들어

깨우느라 정신이 하나도 없다

태양이 정수리에

못을 박듯이 쏘아대서

한달음에 살아났다

세상에 기어나와 혀를 날름거렸다

사탕의 여운도 가시고 없다

오늘 나 살아나서 또 기쁘다

**겨우 잠에서 깨어난 아침이 있다.

수다

오늘밤도 시 한 줄 쓰기 위해
시작 노트를 펼친다
내가 내다 버린 밤은
아까부터 내 옆에 착 달라붙어서
겨우 고작 쓸모없는 말들 조각하느라
내팽개쳤냐고 발을 동동거리며
따지고 있다

나는 밤을 다시 불러다가
친절하게 얼루고 달래서
빈 종이 가득 노래를 작곡한다
밤하늘은 허공으로 줄을 내려
별을 매달고 축제를 연다

시를 쓴다고 앉아서는 엽서를 썼다

엽서를 채우고도 모자라

편지지를 꺼내 긴 사연을 썼다

아무에게도 부치지 않을 편지를

아무도 모르는 밤에

이리 읊조리고 있으면 좋다

사립문에 기댄 밤바람

골목을 빠져 나간다

**겨울밤이 길다.

침묵

숲에 안개가 앉아 있다
해가 어디 숨었는지 보이지도 않고
안개 낀 숲은 이정표도 잃었다
나는 유리창 안에서 커피를 마시며
산과 단절되어 걱정도 않는 사람같다
화창한 대낮에는 말끔히 안개가
사라질 것이라는 기대도 부푼다
하긴 조금이라도 햇빛이 비추는 의무를
다할 것을 다짐한 바가 있을 때 이야기고
그간 새들은 길을 헤매야 할지도 모른다
하루종일 울적해하지 않는 것만도 다행이다
하얀 고독을 뒤집어 쓰고
게으르게 드러누워 비실대는 일은 없으니
잔병치레를 하듯 아침마다 심심찮게 갇혀
엄살을 떨 뿐이다

아침부터 감당하지 못할 상념에 사로잡혀

숲 너머를 동경하며 흐릿한 세상에서

무지한 사람이 되어 눈감고 입다물고

함께 뻔뻔해지기로 한다

**안개가 자욱하게 낀 아침.

뻐꾸기

지금도 고목은 그 자리에 근엄히 서 있다
혹여 내 어머니를 기다리는지도 모른다
뒷축이 나간 허름하고 낡아빠진 구두
그저 아무렇게나 발을 구겨 넣어서
막 끌고 다니던 신발을 신은
그녀를 기다리고 있는지도 모른다
찢어진 구두를 신고 세상에 달려들었던 그녀
나는 그녀가 남긴 마지막 구두 한 켤레를
강에 데리고 나갔다
물가에 앉아서 구두를 던져 놓고는
잘 떠내려가도록 종용했다
그리고 힘껏 손을 흔들어 주었다
그때 강에는 백로 서너 마리가 찾아와서
먹이를 사냥했다
배불리 물고기를 잡아먹고 나서는
날개 꺾인 헌신짝을 물어 멀리로 날아갔다
백로와 그녀의 신발은 금세 보이지 않았다

구두까지 내다 버리고 나니

그녀를 어떻게 기억할까 싶어져

갑자기 걱정이 떠밀려왔다

내 염려가 강물을 따라 넘실대는 동안

여름이 지나가고 있었다

강 건너 산에서 뻐꾹대는 소리가 처연하다

**강가에 앉아서 어머니 생각을 떠올렸다.

중독

창문에 기대고 서서
멀리까지 이어진 땅을 본다
땅끝에는 우뚝한 산도 보인다
저 산은 해가 지는 노을이
언제나 근사하다

해는 달과 달리
모양과 크기가 변하지 않는다
토마토같이 붉게 넘어가는 해를 보면
어떤 때는 한 입 베어 물고프다

가만히 해넘이를 보며 순간
잘 넘어가다 쨍하고 다시 떠올라
서쪽에서 해가 뜨는 날이
오늘이면 어쩌나 싶어져서
혼자 헤벌쭉대고 웃는다

달은 아직 반달도 못 되어
하늘에 야위게 벌써 떠올랐다
낮에 초록으로 몸부림치던 나무들은
칠흑같은 밤속에서 우듬지를 모으며
자장가들을 흘릴 것이다
도둑처럼 살금거리며 숲에 들어
그 노래들을 들으며 졸고 싶다

북극성이 가까이에 매달려 있는 듯
매우 반짝거린다
깊은 산중에 호롱 밝히고 앉아서
별을 헤아리던 시절이 문득 지나간다
아무도 살지 않는 옛 마을에는
별똥별이 날아서
강물에 휙휙 빠지고 있을 것이다
오늘밤 일기에는 별을 그려 넣고 싶다

**오늘 또 하루 잘 지나간다.

145

참선

폭신폭신 카스테라를 먹으며 한눈을 판다
달리는 차들은 어디를 저리들 가는 것일까
저 강물은 어디서부터 흘러 여기 당도했을까
먹구름은 언제 비가 되고 싶을까
카스테라도 먹고 커피도 먹었겠다
속 편히 돗자리를 주섬주섬 개어 넣는데
아 다시 싶어서 도로 펼쳤다
나는 어디로 갈 것인가
나는 어디서 왔던가
아까 집에서 나왔는데 여기와서 앉아 있다
여기는 왜 왔을까
왜 어디로 갈것인지 알면서도 모르겠는가
나는 도대체 어디서 왔는가
어디서 왔는지 또 내게 물어본다
어머니께서 넌 어디서 왔니 하고 물은 적이 있다
나는 웃고 말았을 것이다
난 어머니께 내가 어디서 왔는지 묻지 않았다

이 세상에 하고많은 사람 중에 내가 안 보인다길래

내가 없다길래 나는 나를 보냈다

그래서 오긴 왔는데

내 가야할 곳으로 잘 흘러가고 있는 것인가

어디를 향해 가는지 가늠은 하고 살아가고 있는가

아무것도 모르면서 바쁜 이유를 알 수가 없네

나 어디서 와서 어디로 가는지

오늘도 풀지 못할 듯싶다

저 멀리 구름이 흘러간다

**자전거를 타고 나가 한 바퀴 돌았다.

오이도

　.

검은 동굴을

하루 온종일

기어 다니다가

이리 아리따운 땅에 내린 건

아마 오랜만에 맛보는 행운일 거야

이제 허리 한번 펴 보는건가

푸른 땅에 배를 깔고

다이아몬드빛 유리알 반짝여

스물대며 노랫말을 맞추는

그러다 밤이 오면

푸른 길도 끝내 암흑 속을

속도를 줄여

측착측착 달리겠지

오늘 몇 고개를 넘었나

고갯마루 짚을 때마다

숨이 차서 다 넘어 갈라 하네

**지하철이 땅 위를 달리는 모습을 보며.